AF233854

ÉPÎTRE
AUX FEMMES.

PAR

CONSTANCE D. T. PIPELET.

La colere suffit, et vaut un Apollon.
BOILEAU, Satyre I.

A PARIS,

Chez DESENNE, libraire, Palais-Égalité,
nº 1 et 2.

AN V. 1797.

AVERTISSEMENT.

Dans tous les temps les hommes ont cherché à nous éloigner de l'étude et de la culture des beaux arts; mais aujourd'hui cette opinion est devenue plus que jamais une espece de mode. Dans quelque endroit qu'on aille, de quelque côté qu'on se tourne, on a l'oreille fatiguée par les discussions qui s'élevent à ce sujet, dans lesquelles, suivant l'usage, l'esprit de parti agit plus que le raisonnement. J'ai long-temps résisté au desir de répondre à ces sortes d'attaques, m'imaginant que, dans un siecle aussi éclairé que le nôtre, elles ne pouvoient avoir aucune suite; mais, lasse de voir toujours les femmes en butte à des plaisanteries qui trop souvent se changent en sophismes, je me décide enfin à prendre la défense de mon sexe. J'ai eu pour objet, dans cette épître, que j'adresse aux femmes, de soutenir leurs droits sans nuire à ceux des hommes. Si malgré cela il en est quelques uns qui se formalisent de la maniere dont j'y parle d'eux en général, je les prie de vouloir bien réfléchir qu'en fait de critiques de ce genre il y a long-temps que les hommes nous ont payées d'avance.

ÉPITRE

AUX FEMMES (*).

Ô FEMMES, c'est pour vous que j'accorde ma lyre;
Ô femmes, c'est pour vous qu'en mon brûlant délire,
D'un usage orgueilleux bravant les vains efforts,
Je laisse enfin ma voix exprimer mes transports.
Assez et trop long-temps la honteuse ignorance
A jusqu'en vos vieux jours prolongé votre enfance;
Assez et trop long-temps les hommes, égarés,
Ont craint de voir en vous des censeurs éclairés;
Les temps sont arrivés, la raison vous appelle:
Femmes, réveillez-vous, et soyez dignes d'elle.

Si la nature a fait deux sexes différents,
Elle a changé la forme, et non les éléments.
Même loi, même erreur, même ivresse les guide;
L'un et l'autre propose, exécute, ou décide;
Les charges, les pouvoirs, entre eux deux divisés,
Par un ordre immuable y restent balancés;

(*) Cette épître a été lue au Lycée républicain.

Tous deux pensent régner, et tous deux obéissent;
Ensemble ils sont heureux, séparés ils languissent;
Tour-à-tour l'un de l'autre enfin guide et soutien,
Même en se donnant tout ils ne se doivent rien.

L'homme injuste pourtant, dédaignant ces partages,
(Hélas! il en est plus d'injustes que de sages),
L'homme injuste, jaloux de tout assujettir,
Sous la loi du plus fort prétend nous asservir;
Il feint, dans sa compagne et sa consolatrice,
De ne voir qu'un objet créé pour son caprice;
Il trouve dans nos bras le bonheur qui le fuit:
Son orgueil s'en étonne, et son front en rougit.
Esclave révolté des lois de la nature,
Il ne peut, il est vrai, consommer son injure;
Mais que, par les mépris dont il veut nous couvrir,
Il nous vend cher les droits qu'il ne peut nous ravir!
Nos talents, nos vertus, nos graces séduisantes,
Deviennent à ses yeux des armes dégradantes
Dont nous devons chercher à nous faire un appui
Pour mériter l'honneur d'arriver jusqu'à lui;
Il étouffe en nos cœurs le germe de la gloire;
Il nous fait une loi de craindre la victoire;
Pour exercer en paix un empire absolu,
Il fait de la douceur notre seule vertu. . . .
Qu'ai-je dit, la douceur? Ah! nos ames sensibles
Ne lui refusent pas ces triomphes paisibles;
Mais ce n'est pas assez pour son esprit jaloux:

C'est la soumission qu'il exige de nous....
Ingrat! méconnois-tu la sagesse profonde
Qui dirige en secret tous les êtres du monde?
Méconnois-tu la main qui traça dans ton cœur
De ton amour pour nous le principe vengeur?
Voyons-nous, dans nos bois, nos vallons, nos montagnes,
Les lions furieux outrager leurs compagnes?
Voyons-nous dans les airs l'aigle dominateur
De l'aigle qu'il chérit réprimer la grandeur?
Non; tous suivent en paix l'instinct de la nature:
L'homme seul est tyran; l'homme seul est parjure.

Cependant le réveil des sens impérieux
Rétablit un instant l'équilibre à ses yeux;
Le desir, le besoin triomphent du système:
L'homme redevient homme aussitôt qu'il nous aime;
Défenseur généreux, être sensible et bon,
Il retrouve à-la-fois son cœur et sa raison,
Et, laissant à nos pieds le vain titre de maître,
Il obéit aux lois qu'il vient de méconnoître.
C'est là, dans les transports d'un amoureux lien,
Qu'il voit que sur nos cœurs sa force ne peut rien;
Que notre volonté seulement nous commande;
Que l'on n'obtient de nous qu'alors qu'on nous demande,
Et que la liberté dont nous nous honorons
N'est point remise aux mains que nous-même enchaînons.

Femmes, ne croyez point que ce soit tout encore.

Trop souvent ce bonheur s'éclipse à son aurore;
Et ces droits que l'amour vous remet aujourd'hui,
Demain, malgré vos soins, s'envolent avec lui.
C'est par des traits plus sûrs qu'il faut montrer aux hommes
Tout ce que nous pouvons et tout ce que nous sommes;
C'est à les admirer qu'on veut nous obliger;
C'est en les imitant qu'il faut nous en venger.
Science, poésie, arts qu'ils nous interdisent,
Sources de voluptés qui les immortalisent,
Venez, et faites voir à la postérité
Qu'il est aussi pour nous une immortalité!
Déja plus d'une femme, osant braver l'envie,
Aux dangers de la gloire a consacré sa vie;
Déja plus d'une femme, en sa fiere vertu,
Pour les droits de son sexe, ardente, a combattu.
Et d'où naîtroit en nous une crainte servile?
Ce feu qui nous dévore est-il donc inutile?
Le dieu qui dans nos cœurs a daigné l'allumer
Dit-il que sans paroître il doit nous consumer?
Portons-nous sur nos fronts, écrit en traits de flamme,
L'homme doit régner seul, et soumettre la femme?
Un ascendant secret vient-il nous avertir
Quand il faut admirer, quand il faut obéir?...
La nature pourtant aux êtres qu'elle opprime
Donne de leur malheur le sentiment intime:
L'agneau sent que le loup veut lui ravir le jour;
L'oiseau tombe sans force à l'aspect du vautour....
Disons-le : l'homme, enflé d'un orgueil sacrilege,

Rougit d'être égalé par celle qu'il protege ;
Pour ne trouver en nous qu'un être admirateur,
Sa voix dès le berceau nous condamne à l'erreur ;
Moins fort de ce qu'il sait que de notre ignorance,
Il croit qu'il s'agrandit de notre insuffisance,
Et, sous les vains dehors d'un respect affecté,
Il ne vénere en nous que notre nullité.
C'en est trop ; secouons des chaînes si pesantes ;
Livrons-nous aux transports de nos ames brûlantes ;
Livrons-nous aux beaux arts. Eh ! qui pourroit ravir
Le droit de les connoître à qui peut les sentir ?

Écoutons cependant ce que nous dit le sage :
« Femmes, est-ce bien vous qui parlez d'esclavage ?
« Vous, dont le seul regard peut nous subjuguer tous,
« Vous, qui nous enchaînez tremblants à vos genoux !
« Vos attraits, vos pleurs feints, vos perfides caresses,
« Ne suffisent-ils pas pour vous rendre maitresses ?
« Eh ! qu'avez-vous besoin de moyens superflus ?
« Vous nous tyrannisez ; que vous faut-il de plus » ?
Ce qu'il nous faut de plus ! un pouvoir légitime.
La ruse est le recours d'un être qu'on opprime.
Cessez de nous forcer à ces indignes soins ;
Laissez-nous plus de droits, et vous en perdrez moins.
Oui, sans doute, à nos pieds notre fierté vous brave :
Un tyran qu'on soumet doit devenir esclave.
Mais ce cruel moyen de nous venger, hélas !
Nous coûte bien des pleurs que vous ne voyez pas.

Il est temps que la paix enfin nous soit offerte.
De l'étude, des arts, la carriere est ouverte ;
Hommes, nous y volons : c'est là que l'univers
Jugera si nos mains doivent porter des fers.

Mais déja mille voix ont blâmé notre audace ;
On s'étonne, on murmure, on s'agite, on menace ;
On veut nous arracher la plume et les pinceaux ;
Chacun a contre nous sa chanson, ses bons mots ;
L'un, ignorant et sot, vient, avec ironie,
Nous citer de Moliere un vers qu'il estropie ;
L'autre, vain par système et jaloux par métier,
Dit d'un air dédaigneux : *Elle a son teinturier.*
De jeunes gens à peine échappés du college
Discutent hardiment nos droits, leur privilege ;
Et leurs arrêts, dictés par la fatuité,
La mode, l'ignorance, et la futilité,
Répétés en échos par ces juges imberbes,
Après deux ou trois jours sont passés en proverbes.
En vain l'homme de bien (car il en est toujours)
En vain l'homme de bien vient à notre secours,
Leur prouve de nos cœurs la force, le courage,
Leur montre nos lauriers conservés d'âge en âge,
Leur dit qu'on peut unir graces, talents, vertus ;
Que Minervé étoit femme aussi bien que Vénus ;
Rien ne peut ramener cette foule en délire ;
L'honnête homme se tait, nous regarde, et soupire.
Mais, ô dieux, qu'il soupire et qu'il gémit bien plus

Quand il voit les effets de ce cruel abus;
Quand il voit le besoin de distraire nos ames
Se porter, malgré nous, sur de coupables flammes;
Quand il voit ces transports que réclamoient les arts
Dans un monde pervers offenser ses regards,
Et sur un front terni la licence funeste
Remplacer les lauriers du mérite modeste!
Ah! détournons les yeux de cet affreux tableau!
Ô femmes, reprenez la plume et le pinceau.
Laissez le *moraliste*, employant le sophisme,
Autoriser en vain l'effort du despotisme;
Laissez-le, tourmentant des mots insidieux,
Dégrader notre sexe et vanter nos beaux yeux;
Laissons l'anatomiste, aveugle en sa science,
D'une fibre avec art calculer la puissance,
Et du plus ou du moins inférer sans appel
Que sa femme lui doit un respect éternel.
La nature a des droits qu'il ignore lui-même:
On ne la courbe pas sous le poids d'un système;
Aux mains de la foiblesse elle met la valeur;
Sur le front du superbe elle écrit la terreur;
Et, dédaignant les mots de sexe et d'apparence,
Pese dans sa grandeur les dons qu'elle dispense.

Mais quel nouveau transport! quel changement soudain!
Armé du sentiment l'homme paroît enfin;
Il nous crie: « Arrêtez, femmes, vous êtes meres!
« A tout autre plaisir rendez-vous étrangeres;

« De l'étude et des arts la douce volupté
« Deviendroit un larcin à la maternité ».
Ô nature, ô devoir, que c'est mal vous connoître !
L'ingrat est-il aveugle, ou bien feint-il de l'être ?
Feint-il de ne pas voir qu'en ces premiers instants
Où le ciel à nos vœux accorde des enfants,
Tout entieres aux soins que leur âge réclame,
Tout ce qui n'est pas eux ne peut rien sur notre ame ?
Feint-il de ne pas voir que de nouveaux besoins
Nous imposent bientôt de plus glorieux soins,
Et que pour diriger une enfance timide
Il faut être à-la-fois son modele et son guide ?
Oublieront-ils toujours, ces vains déclamateurs,
Qu'en éclairant nos yeux nous éclairons les leurs ?
Eh ! quel maître jamais vaut une mere instruite !
Sera-ce un pédagogue enflé de son mérite,
Un mercenaire avide, un triste précepteur ?
Ils auront ses talents, mais auront-ils son cœur ?
Disons tout. En criant, *Femmes, vous êtes meres !*
Cruels ! vous oubliez que les hommes sont peres ;
Que les charges, les soins, sont partagés entre eux ;
Que le fils qui vous naît appartient à tous deux ;
Et qu'après les moments de sa premiere enfance
Vous devez plus que nous soigner son existence ?
Ah ! s'il étoit possible (et le fût-il jamais ?)
Qu'une mere un instant suspendît ses bienfaits,
Un cri de son enfant dans son ame attendrie
Réveilleroit bientôt la nature assoupie.

Mais l'homme, tourmenté par tant de passions,
Accablé sous le poids de ses dissensions,
Malgré lui, malgré nous, à chaque instant oublie
Qu'il doit plus que son cœur à qui lui doit la vie,
Et que d'un vain sermon les stériles éclats
Des devoirs paternels ne l'acquitteront pas.

Insensés ! vous voulez une femme ignorante ;
Eh bien ! soit ; confondez l'épouse et la servante :
Voyez-la, mesurant ses leçons sur ses goûts,
Élever ses enfants pour elle, et non pour vous ;
Voyez-les, dans un monde à les juger habile,
De leur mere porter la tache indélébile ;
Au sage, à l'étranger, à vos meilleurs amis,
Rougissez de montrer votre femme et vos fils ;
Dans les épanchements d'un cœur sensible et tendre,
Que personne chez vous ne puisse vous comprendre ;
Traînez ailleurs vos jours et votre obscurité ;
On ne vous plaindra pas, vous l'aurez mérité.

Regardons maintenant celui dont l'ame grande
Cherche dans sa compagne un être qui l'entende ;
Regardons-les tous deux ajouter tour-à-tour
Le charme des talents au charme de l'amour.
Qu'un tel homme est heureux au sein de sa famille !
Il voit croître aux beaux arts et son fils et sa fille ;
Écoutant la nature avant de la juger,
Il cherche à l'ennoblir, et non à l'outrager ;

Chez lui l'humanité ne connoit point d'entrave;
L'homme n'est point tyran, la femme point esclave;
Et le génie en paix, planant sur tous les deux,
De l'inégalité décide seul entre eux.
Ô jours trop tôt passés de mon heureuse enfance,
C'est ainsi que mon cœur sentit votre existence;
C'est ainsi qu'en mon sein vous avez imprimé
Ces inimitables droits dont mon bras s'est armé.
Un pere généreux, agrandissant mon être,
M'enseigna de bonne heure à n'avoir point de maître;
Et du titre de femme en décorant mon front
Il m'en fit un honneur, et non pas un affront.
Ô toi qui m'animas de cette pure flamme,
De ce séjour de paix où repose ton ame
Jette sur mes travaux un regard bienfaisant,
Et bénis ces transports d'un être indépendant!

Ne croyez pas pourtant, épouses, meres, filles,
Que je veuille jeter le trouble en vos familles,
D'une ardeur de révolte embraser vos esprits,
Et renverser des lois que moi-même je suis.
Il est des nœuds sacrés et d'honorables chaînes;
Il est de doux plaisirs et de plus douces peines;
Et cet échange heureux des soins de deux époux
Fait leur bien mutuel et le charme de tous.
C'est l'ordre qui m'irrite, et non pas la priere;
C'est l'ordre que repousse une ame haute et fiere;
Mais céder à la voix d'un généreux ami,

C'est s'obliger soi-même et jouir plus que lui.

Ne croyez pas non plus qu'en ma verve indiscrete
J'aille crier par-tout : *Soyez peintre ou poëte.*
Je sais que la nature, avare en ses bienfaits,
Nous donne rarement des talents purs et vrais ;
Mais telle que retient la critique ou l'envie
Sent au fond de son cœur le germe du génie ;
Et c'est là que mon vers, armé d'un trait vainqueur,
Veut porter, malgré tout, un transport créateur.
Et quand il se pourroit qu'à ma voix enflammée
Une autre vainement cherchât la renommée,
Lui doit-on pour cela d'injurieux discours ?
L'homme dans ses travaux réussit-il toujours ?
Ne vaut-il donc pas mieux d'une ardente jeunesse
Charmer par les talents la dangereuse ivresse,
Que de la condamner au plaisir dégradant
D'inventer ou proscrire un vain ajustement ?
Oui, l'étude est pour nous un bonheur nécessaire :
On apprend à juger, si l'on n'apprend à faire ;
Et malheur à celui qui, pouvant s'agrandir,
Se courbe sous la main qui prétend l'asservir !
Moi-même, osant braver les dangers de la scene,
J'ai marché vers le but où ma main vous entraîne ;
Moi-même, sur Sapho rappelant quelques pleurs,
J'ai suivi ses leçons et chanté ses douleurs ;
Moi-même à mes côtés j'ai vu la sombre envie
Sur mes tranquilles jours porter sa main impie....

Eh! que font à mon sort ces êtres tortueux?
Mon bonheur est à moi, leurs travers sont pour eux.
Que dis-je? ils m'ont servie, et plus que des louanges.
Ces ris, ces mots piquants, ces critiques étranges,
En éclairant mes yeux sur mes propres défauts,
Retranchoient à mes torts bien plus qu'à mon repos.

Ô femmes, qui brûlez de l'ardeur qui m'anime,
Cessez donc d'étouffer un transport légitime;
Des hommes dédaignez l'ambitieux courroux:
Ils ne peuvent juger ce qui se passe en vous.
Qu'ils dirigent l'état, que leur bras le protege;
Nous leur abandonnons ce noble privilege;
Nous leur abandonnons le prix de la valeur;
Mais les arts sont à tous ainsi que le bonheur.

FIN.

BIBLIOTHÈQUE ROYALE

www.ingramcontent.com/pod-product-compliance
Lightning Source LLC
LaVergne TN
LVHW010258030726
842520LV00007B/2995